MW00944789

COLECCION
PAN · FLAUTA A

Dirigida por
Canela
(Gigliola Zecchin de Duhalde)

CARTAS A
UN GNOMO

Margarita Mainé
Ilustraciones: Nora Hilb

Diseño original: Helena Homs

3er. premio por Diseño Editorial
Círculo de Creativos Argentinos 1993

Compaginación y armado: María Chimondeguy

Primera edición: septiembre de 1994
Quinta edición: enero de 1999

Impreso en la Argentina.
Queda hecho el depósito
que previene la ley 11.723.
© 1994, Editorial Sudamericana S.A.
Humberto I 531, Buenos Aires.

ISBN 950-07-0940-6

Desde que mis papás se separaron, en casa somos tres.

Al principio nos quedaba grande, pero desde que mi hermano dejó de ser un bebé la llenó de gritos y pelotazos.

Yo tengo siete años y ya sé comportarme como la gente.

Fue una verdadera sorpresa volver a ser cuatro.

Todo empezó una noche. Mamá nos trajo un chocolate a cada uno para el postre. Yo me lo comí enseguida pero mi hermano esperó a que se me terminara.

-Entonces empezó a saborear el suyo muy despacio.

Traté de ignorarlo, pero al ratito caí en su trampa y le dije:

—¿Me das un pedacito?

—No, vos ya te comiste el tuyo.

Esto no fue todo. No le alcanzó con hacerme sufrir de noche sino que decidió dejar el último pedazo para el día siguiente.

—Mejor —pensé—, quizás medio dormido pueda convencerlo de que el que come y no convida tiene un sapo en la barriga.

Así fue como el resto del chocolate durmió sobre la mesa del comedor.

Por la mañana... el chocolate ya no estaba.

Nos miramos con desconfianza durante el desayuno. Mamá, muy seria, me preguntó:

—Clarisa, ¿fuiste vos?

Aunque le juré que no había sido, no me creyó.

Al otro día la azucarera amaneció volcada sobre la mesa de la cocina y la noche

siguiente desapareció sin rastro un bombón de fruta que me guardé para el desayuno.

Mami, convencida de que ninguno de sus "pequeños" era capaz de hacer algo así sin confesarlo, comenzó a investigar.

Además me contó que por la noche se oían ruidos muy raros. Las ollas hacían barullo y se caían del secaplatos, los libros se deslizaban por los estantes y aterrizaban en el piso. Pero cuando mami prendía la luz: nada. Todo estaba tranquilo y en silencio.

Una noche de viernes, de esas en las

que está permitido trasnochar, apagamos las luces pero dejamos las ventanas abiertas. La luna iluminaba toda la casa. Mamá, como señuelo, dejó un pedacito de chocolate blanco sobre la mesa y después nos escondimos para esperar al ladrón.

Mi hermano temblaba de miedo y mi corazón se salía de su lugar imaginando horribles bichos peludos y bocones.

Pasó un rato. Pasaron dos ratos y hasta pasaron tres. Al cuarto rato mi mamá estaba adormecida y el chocolate seguía sobre la mesa.

—No hay ladrones —dijo mami, y entre rezongos nos fuimos a dormir.

A la mañana siguiente el pedacito de chocolate había desaparecido y mamá no sabía qué pensar.

Entonces recordé algo que vi en una película. Había que poner talco o harina para que el ladrón sin darse cuenta dejara sus huellas.

Mamá se opuso al principio, pero le prometí limpiar todo por la mañana y se dejó convencer.

Azúcar y harina fueron los preparativos de esa noche antes de ir a dormir.

Por la mañana comprobamos que no era nuestra imaginación y pudimos dejar de mirarnos con desconfianza. Sobre la mesa había marcadas unas huellas muy pequeñas, después bajaban al almohadón de la silla y de ahí directamente al suelo. Se ve que el pequeño, pequeñísimo ladrón, era bastante ágil porque había saltado enormes distancias para su tamaño.

Con el corazón en la boca los tres seguimos la pista hasta el patio, pero allí

se terminó la harina y las huellas se hacían invisibles. Mamá se fue corriendo a la ferretería a comprar una trampa para ratones.

—Má, no es un ra... —alcancé a decirle pero iba tan nerviosa que ni me escuchó.

Entonces me encerré en el cuarto a

revolver toda la biblioteca.

Yo había visto unas huellas como esas…

Estaban en un libro grandote que nos había traído la abuela.

Era un libro que hablaba de gnomos, explicaba cómo eran, cómo vivían y…

En cuanto encontré la página con las huellas de los gnomos corrí a compararlas con los pasitos marcados en la harina, pero mi hermano las había pisoteado todas.

Aunque mamá estaba convencida de que se trataba de un ratón y con cada ruidito saltaba arriba de una silla, pude convencerla de sembrar otra vez harina sobre la mesa.

Al día siguiente fui la primera en levantarme y con el libro en la mano comparé las huellas.

Eran idénticas.

¿Cómo darle la noticia a mamá?

Me acordé de una de esas noches en las que leímos el libro que nos trajo la abuela y yo le pregunté:

—Má, ¿vos creés en los gnomos?

—Por supuesto —me había contestado.

El recuerdo me dio confianza.

Fui a la cocina y la encontré revisando las trampas para ratones.

—Má, ¿creés en los gnomos todavía?

—¿Qué clase de pregunta es ésa, Clarisa?

Le respondí con un silencio.

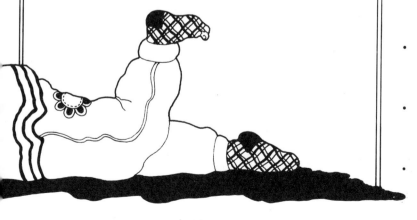

—Sí, ya te dije que creo en los gnomos.

Listo. Tenía la respuesta esperada.

—Mami, escuchame bien —le dije, y por desgracia en ese momento apareció mi hermano en la cocina.

—Mami —me animé a seguir—. No es un ratón, es un gnomo.

—No puede ser, Clarisa, ¡por favor!

No la entiendo, es como creer en los reyes magos, escribirles cartas, dejarles comida y después cuando llegan decir: "No puede ser".

—Claro que puede ser —le dije—. ¿Acaso vos no creías en los gnomos?

—Ssssííí —me dijo dudando.

¡Qué cosa son los grandes!

Claro que mi mamá no era un grande cualquiera.

—Mami —le dije—, seguro que es un gnomo. Nos tiene miedo y por eso se esconde.

Apenas me escuchó, mi hermano se puso a buscarlo por todos los rincones y empezamos a pelear.

Le expliqué a los gritos que de esa manera íbamos a espantarlo.

Mamá, tratando de calmarnos, tuvo una buena idea.

—¿Qué les parece si tratamos de acercarnos al gnomo sin perseguirlo? —dijo y parecía convencida de su existencia—. Podemos demostrarle que somos amigos y no queremos hacerle mal.

Así fue como esa noche dejamos sobre la mesa un plato de café con los merenguitos más pequeños que encontré en el almacén, una tapita con agua y a mí se me ocurrió dejarle una minicarta que decía en letras chiquitísimas: "Bienvenido a nuestra casa. Clarisa."

Por la mañana no me costó levantarme para ver qué había pasado.

Se me hizo una ensalada de alegría con desilusión. Según mi mamá todo estaba igual y ningún gnomo vivía en nuestra casa. Creo que hasta lo decía con alivio. A mi hermano le daba lo mismo que fuera un ratón. Pero yo... Yo estaba segura de que en el plato había puesto seis merengues y ahora quedaban cuatro. Además la tapita tenía menos agua que la noche anterior.

Mamá se fue a la cocina refunfuñando y asegurando que el gnomo, al menos ese gnomo, no existía.

Mi hermano se fue a jugar al cuarto. Yo me quedé investigando los hechos y como nadie quiso ayudarme decidí que lo que averiguara sería mi secreto. Ellos no creían en el gnomo, bueno, EL GNOMO ERA MIO.

Busqué la lupa en el fondo de un cajón y me pareció ver las huellas del gnomo sobre la madera lustrada. Cuando investigué el papel de la carta de bienvenida vi unas rayitas en las que me pareció leer:

Olvidando mi enojo se las mostré a mamá, quien después de mirarlas muy seria con la lupa me dijo:

—Clarisa, yo no leo nada. Deben ser unas rayitas que vos misma hiciste con la lapicera. ¿No tenés deberes?

Parece que mamá estaba decidida a no creer en los gnomos. Me enojé con ella más que antes. Me fui a mi cuarto y cerré bien la puerta.

Sí, decía *gracias* y si él lo había escrito fue porque pudo leer mi carta de bienvenida.

A partir de ese día me puse a escribirle cartas al gnomo.

Él no las contestaba, pero yo sé que las leía.

A veces, muy de vez en cuando, se animaba a escribir, como cuando le puse:

"¿Te gustan las personas?"

Y respondió con unas letras pequeñitas y difíciles de leer:

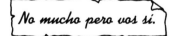

No mucho pero vos sí.

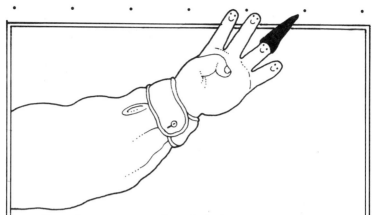

Desde que yo le dejaba comida nada desaparecía en casa, y aunque mi mamá y mi hermano no querían creerme, en casa éramos cuatro: mamá, mi hermano, el gnomo y yo.

Una tarde mientras paseaba con papá se me ocurrió contarle sobre el gnomo. Escuchó atentamente pero sé que no me creyó ni medio.

Además, cuando volvimos estaba muy serio y quiso hablar a solas con mamá.

Me di cuenta de que no se puede hablar con todos sobre el gnomo.

—Ver para creer —me dijo papá con su abrazo de despedida y me dejó un poco triste.

Yo creo en tantas cosas que nunca vi.

Creo que existe la nieve pero nunca la toqué con la mano. Creo que existen las plantas carnívoras aunque no las veo en ningún jardín. No sé cómo alguien puede pensar que hay que ver para creer. Volvamos al gnomo.

Él seguía comiendo lo que yo le dejaba y leyendo mis cartas tamaño gnomo. Ya sabía todo sobre mi familia pero yo nada de la suya. Entonces le escribí:

"Quiero conocerte. ¿Te animás a verme o preferís escribir?"

Con las cartas siempre le dejaba papel y lápiz por las dudas se animara.

Finalmente un día encontré unas rayitas muy difíciles de leer.

Con la lupa y con paciencia fui descubriendo el mensaje. Decía:

No puedo escribir así. Necesito pluma y tinta.

Esa misma tarde me fui a la plaza. En la ciudad no es tarea fácil encontrar una pluma. Caminé un rato pero volví tan

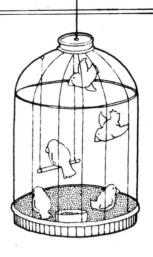

desanimada que ni le contesté la carta al gnomo.

Al día siguiente le pedí a mamá que visitáramos a mi abuela. Ella es buena y cocina muy bien. Pero en ese momento ni las tortas me tentaban, lo único que me interesaba era su jaula llena de canarios.

Ya en casa de los abuelos me llevó toda la tarde deshacerme de mi hermano que tiene la costumbre de seguirme cuando necesito estar sola. Cuando al fin empezaron los dibujitos y se instaló frente a la tele, me fui al patio y despacio abrí la jaula de los canarios. Sacudí un poco mi mano para que al hacer lío alguno perdiera una pluma. Como ese día la suerte no estaba de mi lado los pájaros tenían todas las plumas bien pegadas al cuerpo y por más que revoloteaban no se les caía ni una.

En eso estaba cuando se asomó mi abuelo.

—¿Qué hacés, Clarisa? —me preguntó intrigado.

—Necesito una pluma. Abuelo, ¿vos necesitás ver para creer?

—No —dijo el abuelo y se ganó mi confianza.

—Te voy a decir un secreto —le dije acercando mis palabras a su oído—: en casa tengo un gnomo y necesita una pluma de pajarito para escribir.

¡Pobre el canario amarillo! Aunque lo hizo despacito, le dolió cuando le sacamos la pluma. Gracias al abuelo solucioné dos problemas ya que también me dio plata para comprar la tinta.

Cuando tuve todo listo lo dejé sobre mi

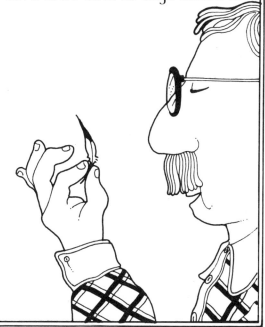

escritorio, no quería que mamá encontrara sus cartas antes que yo.

Esa noche estaba tan inquieta que no me podía dormir, a cada rato me parecía escuchar sus pisadas.

Finalmente el sueño me ganó.

Cuando desperté, en el escritorio había unos impresionantes manchones de tinta como para desmayar a más de una madre.

—Clarisa, ¿me querés explicar de dónde sacaste esa tinta y qué hiciste en el escritorio?

—Fue el gnomo...

—Basta, Clarisa, con ese gnomo, resulta que tiene la culpa de todo lo malo que pasa en esta casa. ¡No quiero oírte más hablar de ese asunto!

¡Ja! Las cosas que hay que escuchar. Mi madre, mi propia madre que pasó muchas noches leyéndome un hermoso libro sobre la vida de los gnomos, ahora dice que no me quiere oír más hablar de gnomos.

Me puse a llorar. Mamá limpió como pudo la tinta y cerró la puerta del cuarto

terminando así la discusión.

Paré de llorar.

—¿Qué pasó? —me pregunté confundida. Algo no había funcionado bien. Seguramente el frasco de tinta que era muy alto.

Después de este enchastre no me animaba a intentarlo de nuevo. Mi mamá estaba realmente furiosa.

Pasados tres días, con los ánimos más tranquilos, le dejé un caramelo molido sobre la mesa de luz. Por la mañana encontré un barquito de papel, regalo de mi gnomo, una manera de pedirme disculpas.

Cuando pude ver al abuelo y pedirle plata para otro frasco de tinta fui más precavida y, en lugar de ponerlo todo, puse sólo una gota en una tapita de gaseosa. También le dejé la pluma del canario y me dormí.

Por la mañana encontré la hoja llena de pequeñísimas letras y manchones que me dio mucho trabajo leer.

Aunque no puedan creerlo, la carta decía:

> ✳ *Clarisa: Perdón por todos los problemas que te traje. Estoy preocupado. No sé vivir entre las personas. Esta pluma me pesa mucho.*

La última palabra la completé yo, ya que sólo decía *muc* en unas letras muy despatarradas; se ve que más no pudo escribir.

Su carta me llenó de curiosidad.

¿Cómo que no sabía vivir entre las personas?

Entonces yo tenía razón: era nuevo en casa. Por eso durante tanto tiempo quedaron caramelos por todos lados y no desaparecían.

Me preocupé y hasta me puse triste pensando en su pena.

Me costó conseguir una pluma más chica. Por suerte la canaria de mi abuela tuvo pichones, y con la infaltable ayuda del abuelo conseguí una que de tan pequeña parecía invisible.

Acomodé todo esa noche para que mi amigo escribiera, hasta le dejé miguitas de chocolate.

Por la mañana encontré una carta larguísima que me llevó como tres días

descifrar. Allí me contaba su historia, que era mucho más complicada de lo que yo había imaginado.

Este gnomo no vivía en la ciudad, me explicaba que a su familia la ciudad le daba alergia.

Tampoco llegó a casa cuando no estábamos, sino que había vuelto con nosotros de las vacaciones.

Fue así: el último día salimos a dar un paseo y a cargar la mochila de golosinas para el viaje de regreso.

Yo elegí unos caramelos azucarados de frutilla que son mis preferidos, y mi hermano galletitas dulces.

Después fuimos hasta el arroyito de

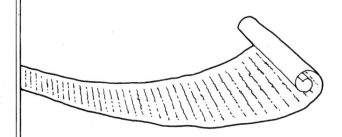

agua transparente. Dejamos nuestras mochilas abajo de un sauce y nos sacamos las zapatillas para mojarnos los pies.

A este momento quería llegar. Parece que el gnomo olió mis caramelos y no pudo evitar despertarse de su siesta.

Encantado por el aroma que salía de mi mochila se acercó más y más, y se metió en un bolsillo con tan buena suerte que se encontró enseguida con mis caramelos. Pero con tan mala suerte que justo en ese momento mamá decidió que era hora de irnos.

Le di un tremendo susto cuando agarré mi mochila y me la puse en la espalda. En la carta me cuenta que se asomó por el bolsillo, vio que estaba lejísimos del suelo, le dio un mareo y se desmayó.

Cuando abrió los ojos un terremoto sacudía el bolsillo. Cinco dedos enormes lo revolcaron de un lado al otro y se llevaron sus adorados caramelos. Era mi mano cuando en medio del viaje me dieron ganas de comer mis golosinas. Después se quedó asustado y triste. En el final de la carta me escribe:

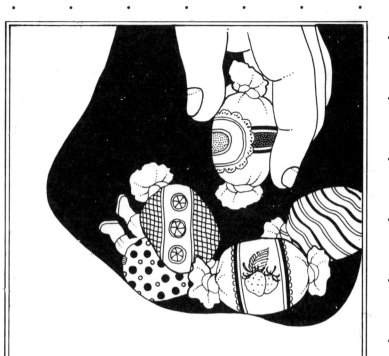

Ahora busqué en tu casa un lugar para vivir pero no me animo a decirte cuál es.

Durante algunos días mis ojos se escapaban para buscar a mi amigo por los rincones, pero me aliviaba no encontrarlo. ¿Qué hacer frente a frente con un gnomo?

En la carta siguiente me contó su vida:

Mi casa es un bosque único y fantástico. Vivo en el tronco de un árbol que es una biblioteca para animales. Una ardilla es mi secretaria y con su cola sacude el polvo de los libros. Les saca la arena o la tierra a los libros de geografía, las telas de araña a los cuentos de terror. Seca hoja por hoja los libros con historias de mar. Tenemos mucho trabajo pero la ardilla no es mi única ayudante. También una mariposa lleva entre sus alas los libros abiertos para que los pajaritos puedan leer pasando las hojas con sus picos.

Tenemos libros de muchos tamaños. Pequeñísimos para los gusanitos, enormes y con hojas muy gruesas para los osos; no porque sean destrozones, sólo que con sus manotas les cuesta mucho pasar las páginas sin romperlas.

La tarea empieza muy temprano y todos los animales del bosque vienen a buscar libros de su interés.

Los más importantes son los que les enseñan qué es un hacha, un rifle, una honda. En esos libros ellos pueden aprender a defenderse sin atacar.

Con las hachas, por ejemplo, se recomienda que, cuando el hombre que la usa está descansando, los animales se organicen para sacársela y esconderla o, lo que es mejor, hacerla desaparecer.

Si se trata de un niño con una honda los consejos son más sencillos: algún pajarito ya mayor vuela cerca de él para tentarlo una y otra vez. Después se le acerca lo suficiente como para tomar la honda con el pico y llevársela lejos.

Con respecto a los rifles los consejos son más serios. Lo primero que indican los libros es que hay que tener mucho cuidado. Los humanos con esas armas son muy poderosos. Pueden alcanzarlos a grandes distancias porque la bala sale escupida por el aire.

En estos casos se recomienda mucha prudencia, no acercarse por nada y avisar a todos los animales con un sonido especial para que estén atentos.

En el bosque tengo muchísimo trabajo, por esto quisiera volver rápidamente. Nadie sabe el orden de los libros y cuál tiene que leer cada animal. Ya deben estar naciendo muchas crías que sin mis libros no podrán diferenciar un hacha de un tronco caído.

Al final de la carta me pedía algo que yo no esperaba:

Me gustaría que me ayudaras a volver a casa.

Me entristecía perderlo tan pronto, pero pensando en su alergia y en su trabajo empecé a imaginar algunos planes para regresarlo al bosque.

No era sencillo. Para ir de vacaciones faltaba casi un año y además nada me aseguraba que fuéramos al mismo lugar. Quizás podía mandarlo por correo pero no me parecía muy seguro meterlo en una caja cerrada. ¿Cómo iba a respirar?

Por las dudas, en mi carta de esa noche le puse: "¿Vos respirás?"

Claro que sí

me contestó desarmando mi plan.

Después recurrí al abuelo ya que era el único que sabía del gnomo. Me escuchó con una sonrisa descreída y me dijo:

—No tendría problemas en llevarte pero no tengo ni tiempo ni plata. Quizás el año que viene...

Estábamos en marzo y para el año siguiente faltaban más de nueve meses.

Sin esperanzas, le escribí diciéndole que me encantaba su trabajo pero que no había manera de llevarlo al bosque antes de las próximas vacaciones. También le conté que al menos había conseguido que mamá me prometiera volver al mismo lugar.

—¿Para qué querés saberlo ahora, Clarisa? —me dijo curiosa.

—ES MUY IMPORTANTE PARA MI —le dije con cara muy seria.

—Está bien. Si es TAN IMPORTANTE vamos a volver a ese lugar —me contestó sonriendo.

Le aclaré al gnomo que contando los meses faltaban nueve para que pudiera llevarlo de nuevo a su casa.

Su siguiente carta me tranquilizó. Me explicaba que nueve meses en la vida de un gnomo es muy poco ya que ellos viven más de cuatrocientos años, que le venían bien unas vacaciones y que sólo necesitaba un lugar con árboles para pasar ese tiempo.

No tuve mucho para elegir. En la plaza había árboles pero los peligros eran muchos y también existía la posibilidad de que otros chicos lo encontraran. El

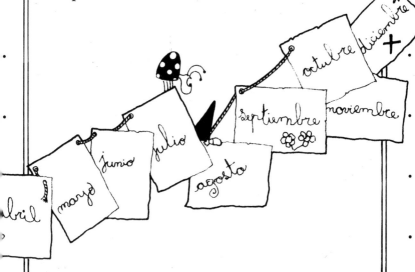

único lugar donde podía dejarlo con confianza era la casa de mi abuela. Allí había árboles, plantas, flores y todas esas cosas que les gustan a los gnomos.

Tuve que inventar una manera para llevarlo sin verlo ya que los dos teníamos miedo de encontrarnos frente a frente.

Le propuse que se metiera en el bolsillo de mi mochila mientras yo dormía; le prometí no abrirla ni espiar.

me contestó en una carta pequeñita.

Esa noche, en mitad del sueño me despertaron unas ideas horribles. En la casa de mi abuela habría muchos peligros para un gnomo. Dos perros, un gato, mi abuela con su escoba barredora, mi abuelo con la máquina de cortar pasto y el rastrillo.

No pude dormir más. Le escribí al gnomo una larga carta avisándole sobre todos estos peligros.

A la mañana, levanté con cuidado mi mochila y me la puse sobre la espalda. En

el bolsillo le había puesto azucarados de frutilla.

Cuando llegamos a la casa de la abuela tuve que esperar a que mi hermano estuviera entretenido para salir al jardín. Me escondí con la mochila detrás de un árbol y hablé en voz alta:

—Ahora voy a dejar la mochila por un rato y una carta para vos. Cuando me vaya podés salir. Suerte.

Caminé hasta la casa, me encerré en el baño y lloré un montón.

Al día siguiente no tuve más remedio que ir a la escuela.

Estaba tan preocupada por el gnomo que apenas podía escuchar a la maestra. Las hojas de mi cuaderno empezaron a llenarse de borrones. El martes, por suerte, vino mi abuela de visita y me contó que en su casa estaban pasando cosas muy raras. El perro, mi amado perro, se pasaba todo el día ladrando a un árbol del jardín, que aunque siempre había estado allí, parecía que él recién lo descubría. Estaba como hipnotizado ladrando y ladrando sin parar.

Además a la abuela le habían desaparecido caramelos y chocolates de la cocina. Ella sospechaba del abuelo que era casi tan goloso como mi gnomo.

Prometí ir el sábado por la mañana y me quedé preocupada pensando que MI gnomo podía terminar en manos de MI perro.

Pasó el fin de semana y del gnomo ni noticias. Me volví a casa muy desilusionada. Volví al mismo árbol en el que lo había dejado y le colgué de una ramita una carta que durante más de un mes no contestó.

Ya estaba convencida de que algo malo le había pasado, pero una tarde me encontraba sentada en el jardín de la casa de mis abuelos cuando un pajarito revoloteó a mi alrededor. Jamás se me había acercado tanto uno, ni siquiera cuando les doy migas de pan.

El pajarito iba y venía y en uno de sus vuelos dejó caer en mis manos una hoja de árbol, bastante grande y planchadita, que llevaba en su pico. La miré con atención y reconocí las letras de mi gnomo marcadas prolijamente. Otra vez necesité la lupa. Decía:

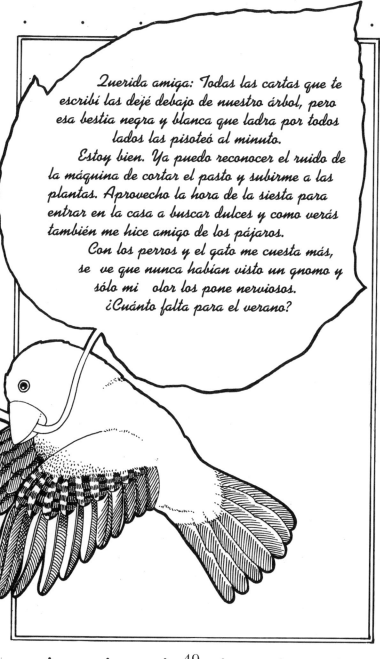

Querida amiga: Todas las cartas que te escribí las dejé debajo de nuestro árbol, pero esa bestia negra y blanca que ladra por todos lados las pisoteó al minuto.

Estoy bien. Ya puedo reconocer el ruido de la máquina de cortar el pasto y subirme a las plantas. Aprovecho la hora de la siesta para entrar en la casa a buscar dulces y como verás también me hice amigo de los pájaros.

Con los perros y el gato me cuesta más, se ve que nunca habían visto un gnomo y sólo mi olor los pone nerviosos.

¿Cuánto falta para el verano?

Esta última pregunta me rompió el corazón. Estaba bien pero seguía extrañando.

Pasaron dos semanas sin carta y en la siguiente parecía más entusiasmado.

Me hablaba de sus amigos nuevos y de una pequeña biblioteca que estaba organizando con los libros que él mismo confeccionaba.

Por supuesto que en casa de la abuela no consiguió una ardilla secretaria pero varias mariposas lo ayudaban en su tarea.

Sus cartas fueron cada vez más alegres hasta que ya no nombró más al bosque.

Se encariñó con mis abuelos que dejaban caramelos por todos lados y la azucarera siempre destapada.

Cuando el verano se fue acercando mamá me preguntó:

—¿Todavía querés ir al mismo lugar de vacaciones?

—Sssííí —tartamudeé y sonó como un no sé.

—¿Seguro?

—Dejame pensarlo —le dije, necesitaba consultarlo con el gnomo. No quería

que se fuera, me gustaba visitarlo, leer sus cartas e imaginarme su vida.

Cuando le escribí la terrible pregunta me contestó con un montón de explicaciones que en realidad decían: "Sí, quiero volver al bosque". Tenía razón. Me contaba que en casa de la abuela estaba bien pero que no tenía un solo gnomo con quien conversar. Había reemplazado su trabajo y lo rodeaban muchos animales pero eso no se podía discutir: sin gnomos no podía conversar de cosas de gnomos y tampoco soñar con casarse con una gnoma y tener una familia de gnomitos.

—Sí, mamá, me gustaría ir al mismo lugar —le dije un poco triste.

—Bueno, pero no me lo digas con esa cara —me contestó mamá que no sospechaba *nada de nada*.

Tuve que hacer preparativos para traer al gnomo a casa y acomodarle un lugar para que viajara tranquilo, algunos caramelos de frutilla y sus pequeños tesoros: la pluma con la que me escribía y una hoja del árbol en el que vivió durante estos meses.

De la casa de los abuelos lo traje sin verlo, como cuando lo llevé. No me animaba a pedirle un encuentro.

Los días pasaron muy rápido y finalmente estuvo todo listo para las vacaciones.

Cuando llegamos a la terminal de

ómnibus, mamá separó el equipaje que iba en el baúl del micro; para mi espanto, el bolso donde había puesto a mi gnomo era uno de ésos.

—Quiero este bolso conmigo —le dije abrazándolo como si fuera una enorme muñeca.

—No, es muy grande, mejor que vaya abajo —dijo mi mamá.

Tuve que ponerme a llorar para que cambiara de idea. Por nada del mundo subiría al micro sin mi gnomo.

—Pero, Clarisa... ¿qué tenés en ese bolso?

—Al gnomo —le dije en voz baja.

—Clarisa, ¿otra vez con eso?

—Es verdad, mami, te lo juro, ¡por favor!

—Está bien —dijo mamá—, pero que no te escuche más hablar de ese gnomo —y se quedó con cara preocupada.

Durante el viaje trató de hablar conmigo acerca de mis inventos y me dijo que ya no tengo edad para mentir así. Yo estaba tan triste que apenas podía escucharla.

Cuando llegamos al hotel, como ya era un año más grande, mamá me dejó ir sola hasta el bosquecito, junto al arroyo.

Caminé cargando el bolso como si llevara el más valioso de mis tesoros, mi corazón latía tan fuerte que me asustaba.

¿Cómo separarme de mi gnomo?

Si no lo veía ahora nunca más iba a verlo.

—Lo veo, no lo veo. Lo veo, no lo veo —pensaba sin parar.

Cuando llegamos al mismo sauce apoyé el bolso en el suelo y le dije:

—Voy a jugar a las escondidas con vos —me tapé los ojos y conté hasta diez.

Cuando terminé de contar, el bolsillo del bolso estaba vacío y abierto. En la tierra dejó la hoja del árbol; con mucha atención descubrí allí sus letritas:

gracias por todo.

Triste, tristísima, caminé hasta el hotel y sobre la cama lloré mucho.

—No voy a ver más al gnomo —le expliqué a mamá entre hipo y sollozo.

—Bueno, Clari, ¿no estarás creciendo? —me consoló mamá acariciándome la cabeza.

Después, la tristeza se me fue pasando como pasa el dolor de panza.

Del gnomo no supe nada más. Las cartas que me escribió eran hojas blancas cuando volvimos a casa.

Las guardé bien dobladas en el fondo de mi caja secreta.

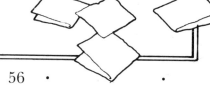

DE LA AUTORA

En mi casa somos bastante desordenados y perdemos cosas que encontramos y al ratito volvemos a perder.

Esto se complica porque siempre necesitamos aquello que no está. Por ejemplo, si mi hijo tiene seis autos sobre su repisa, seguro que quiere jugar con el séptimo, que es el que no encuentra. Si mi hija quiere leer un libro, seguro que es "ése", el que no está por ninguna parte.

Así nos pasamos los días perdiendo, buscando y encontrando cosas. Un día, Héctor, que es titiritero y gran conocedor de gnomos, nos contó cuánto les gusta a los gnomos esconder objetos y devolverlos sólo cuando nadie los busca.

A Federico y Florencia, mis hijos, les encantó esta idea y desde ese día cada cosa perdida fue responsabilidad de un gnomo.

Entonces, con un poco de verdad y mucho de fantasía, esta historia se metió en mi máquina de escribir y salió tal cual la encuentran ustedes en este libro.

Margarita

DE LA ILUSTRADORA

Cuando supe que debería dibujar un gnomo me puse contentísima. En mi cabeza ya daban vueltas imágenes de gnomos gordos, flacos, narigones, jóvenes y viejitos. ¡Con lo que me gusta inventar dibujos de seres fantásticos!

El cuento llegó a mis manos unos días más tarde. Y al ir leyéndolo me fui preguntando si el gnomo protagonista del libro realmente existía, si debía dibujarlo o no. ¡Qué dilema! Al final resolví que "estaba pero no tanto", y lo fui escondiendo entre los dibujos.

Y ahora los dejo, porque hace un tiempito que mi perra Luna no para de ladrarle al duraznero del patio. Voy a investigar si por casualidad no hay un gnomo viviendo allí.

nora flili

COLECCION PAN FLAUTA

Serie **Azul** (A): Pequeños lectores
Serie **Naranja** (N): A partir de 7 años
Serie **Magenta** (M): A partir de 9 años
Serie **Verde** (V): A partir de 11 años
Serie **Negra** (NE): Jóvenes lectores

Sentimientos

Naturaleza

Humor

Aventuras

Ciencia-ficción

Cuentos de América

Cuentos del mundo

Esta edición de 2.500 ejemplares
se terminó de imprimir en
Kalifón S.A.,
Humboldt 66, Ramos Mejía, Bs. As.,
en el mes de diciembre de 1998.